REPLIQUE

GÉNÉRALE

POUR LE PRÉSENT ET L'AVENIR

DE

M. RICHARD DES GLANIERES,

AUX OBSERVATIONS

FAITES ET A FAIRE

SUR SON PLAN D'IMPOSITION

ÉCONOMIQUE.

A PARIS,

Chez P. G. SIMON, Imprimeur du Parlement,
rue Mignon Saint André des Arcs.

M. DCC. LXXV.

REPLIQUE GÉNÉRALE

POUR le préſent & l'avenir de **M. RICHARD**
DES **GLANIERES**, *aux Obſervations faites*
& à faire ſur ſon Plan d'Impoſition économique.

L'AUTEUR du Plan Economique n'a ceſſé, depuis l'impreſſion de ſon premier Ouvrage, de recevoir des applaudiſſemens & des critiques de nombre de Citoyens, tant de Paris que de toutes les Provinces du Royaume, ce qui l'a engagé à en mettre les extraits ſous les yeux du Public, avec ſes repliques, en forme de développement pour parvenir à ſon exécution, & pour ſervir aux repliques générales.

OBSERVATIONS.

M. l'Abbé Baudeau eſt le premier qui ait paru ſur la ſcène, dans une de ſes petites brochures intitulée, Queſtions propoſées, *par M. l'Abbé Baudeau, à M. Richard des Glanieres, ſur ſon Plan d'Impoſition,* ſoi-diſant *Economique.*

M. l'Abbé Baudeau dit à l'Auteur du Plan : Je commence, Monſieur, par votre premiere queſtion, pag. 5, où vous dites ſur le revenu que vous prétendez donner au Roi.

Replique. L'Auteur propoſe de dépoſer 50000 livres ;

A

fomme à quoi peut monter l'exécution de fon Plan Economique, & à M. l'Abbé Baudeau d'en dépofer autant ; &
fi l'Auteur du Plan prouve fa réalité, M. l'Abbé Baudeau
perdra fon dépôt, comme l'Auteur du Plan perdra le fien
qu'il aura employé à l'exécution.

*Obf. Vous fuppofez, dites-vous, Monfieur, qu'en adoptant
votre Plan, le Roi peut avoir huit cens millions de revenu annuel ;
vous paroiffez le fouhaiter, & je doute que les moyens que vous
propofez puiffent fe réalifer.*

Rep. L'Auteur du Plan n'a jamais compté impofer les
femmes en puiffance de mari, quoiqu'elles confomment les
mêmes denrées, mais bien tous les enfans qui auront atteint
l'âge de dix ans, quoiqu'ils confomment auffi du moment de
leur naiffance.

*Obf. Vous comptez, dit M. l'Abbé Baudeau à l'Auteur,
impofer fept millions trois cens quatre-vingt fept mille ames aux
droits de franchife, & voilà ce que je ne comprends pas. Eft-ce
le chef de famille que vous taxez feul pour fa femme & fes enfans, ou comptez-vous impofer tous les individus de notre fexe ?*

Rep. Les peres & meres qui auront dix enfans vivans, ne
payeront rien du tout ; ceux qui en auront neuf, payeront la
neuvieme partie de leur impofition ; ceux qui en auront huit,
payeront la huïtieme partie ; ceux qui en auront fept, payeront
la feptieme ; ceux qui en auront fix, la fixieme ; ceux qui en
auront cinq, la cinquieme ; ceux qui en auront quatre, trois,
deux & un, payeront la quatrieme partie de leur impofition ;
& la claffe des enfans fera immuable jufqu'à l'âge de vingt-

ans, après lequel temps ils feront impofés au double de leur taxe, s'ils font encore chez leurs peres & meres. Les enfans qui feront en tutele de leurs parens ou autres, fans être à leur charge, ayant atteints l'âge de dix ans, feront claffés fuivant leurs facultés.

Obf. M. *l'Abbé Baudeau demande à l'Auteur du Plan une philofophie économique.*

Rep. L'Auteur répond qu'il n'eft point Philofophe ; qu'il ne connoît que fept fortes de philofophies analogues aux paffions, & il les a toujours prifes pour les fept péchés capitaux.

Obf. Monfieur *l'Abbé Baudeau, dans le préambule de fa petite brochure, dit à l'Auteur du Plan, qu'il croit, fans doute, qu'une permiffion fi générale d'imprimer tout, même les contradictions, eft une approbation : le Miniftre, dit-il, ne vous a point jugé, & fans doute, il ne vous a point lu.*

Rep. Pour répondre à cette décifion, l'Auteur fe contente de demander à M. l'Abbé, comment il fçait fi le Miniftre l'a lu ou non ? Il doute qu'il ait l'agrément du Miniftre pour parler ainfi de lui.

Obf. La premiere lettre que *l'Auteur a reçue de la province, eft de Beauvais, par laquelle on lui marque la fatisfaction que l'on a eu en lifant fon Plan Economique, & en y reconnoiffant l'amour d'un vrai Citoyen pour fa Patrie : on y obferve feulement que les Receveurs des Tailles feroient très-expofés à être follicités par les contribuables, pour être placés dans une claffe inférieure.*

Rep. L'Auteur répond que la premiere affiette d'impofition de ce nouveau Plan, demande que les Receveurs des Tailles

A ij

veillent fur les Collecteurs, vu qu'ils ont les rôles des Tailles, Capitation & Vingtiéme, lefquels donnent tous les moyens pour la nouvelle impofition; d'ailleurs, Meffieurs les Intendans feront dans le cas de nommer des Commiffaires.

Obf. EXTRAIT d'une lettre reçue de Vimoutiers, en Normandie.

On marque à l'Auteur du Plan Economique : » Permettez-
» moi de vous faire deux obfervations, qui fappent les fonde-
» mens de votre Plan ; la premiere, le Plan qui repréfente
» l'impofition du droit de franchife, fous lequel vous comprenez
» fept millions trois cens quatre-vingt fept mille ames contribua-
» bles, tiendra lieu de tous les droits de confommation actuelle «.

Rep. Ce droit de franchife, dont le titre eft dû à la Nation depuis la création de la Monarchie, abforbe tous les droits fur la confommation, & les détache de toutes gênes ; & ce droit repréfente en même-temps le premier tribut que chaque fujet doit naturellement à fon Souverain, par refpect & obéiffance: perfonne n'en eft exempt ; & tout fujet qui ne peut le payer, quelque modique qu'il puiffe être, doit être à la charge de l'Etat, ou employé par lui. C'eft un moyen que l'Auteur s'eft réfervé.

Obf. Vous comptez, dit-on à l'Auteur du Plan, dix-huit millions d'ames dans ce Royaume, & par vos claffes, vous en rendez fept millions trois cens contribuables au droit de franchi-fe ; vous ne comptez fans doute que les chefs de famille.

Rep. L'Auteur a répondu fur cette même queftion, faite par M. l'Abbé Baudeau, & il fait connoître par la réponfe précédente que tout Sujet doit une rétribution à son Souverain, & tenir à l'Etat, soit à charge, soit à décharge.

Obs. *L'on observera sans doute à l'Auteur du Plan économique, qu'un pere qui aura neuf enfans payera neuf fois le neuvieme de sa taxe pour chaque enfant, & cela au premier coup d'œil du lecteur, sans réfléchir que les enfans n'auront pas tous ensemble les dix ans accomplis, & qu'ils n'entreront dans les différentes classes du droit de franchise pour le moins d'année en année, & qu'insensiblement le premier classé se trouvera avoir quinze à seize ans avant qu'il s'en trouve la moitié de neuf d'imposés au droit naturel de franchise, & ainsi successivement jusqu'à l'âge de vingt ans.*

Rep. L'Auteur du Plan économique a calculé, suivant les moindres classes, ce que les peres & meres payeroient pour leurs enfans. Par exemple, les nombreuses familles se trouveront toujours dans les basses classes de 3 livres & de 6 livres. La neuvieme partie de la premiere classe de 3 livres est de 6 sols 8 deniers: la neuvieme partie de la classe de 6 livres est de 13 sols 4 deniers. Il n'y a pas d'enfant aujourd'hui avant l'âge de dix ans qui ne coûte à ses pere & mere des deux basses classes au moins 24 sols par an sur les droits qu'ils ont à payer sur les denrées qui servent à leur nourriture & habillement, quelqu'imperceptible qu'elle puisse être.

Obs. *La seconde observation portée dans cette lettre est sur le Plan par spéculation du dénombrement des trois especes, & du produit général par chaque Généralité. Mais bien loin, dit l'Observateur, que certaines Généralités soient soulagées, sur la vue du tableau à la page 10, les Généralités affranchies des Aides & Gabelles sont écrasées par un Impôt double qu'elles*

ſupporteroient , & on ſe borne à donner purement & ſimplement
pour exemple à l'Auteur la Généralité de Limoges.

Rep. L'Auteur du Plan répond , que l'Obſervateur n'a
pas réfléchi ſans doute ſur les différens droits que l'on paye
aujourd'hui ſur les denrées tranſportées d'une Généralité ſujette
aux droits dans celle qui n'y eſt pas ſujette ; ſur les entraves
que ces droits répétés pluſieurs fois ſur les mêmes denrées ,
cauſent journellement au commerce, à l'accroiſſement de l'agri-
culture , & aux exportations de ces denrées d'une Généralité
à l'autre. Il n'a pas vu que cette perception informe du droit
actuel rend le quart des Provinces étranger à l'égard des trois
autres quarts qui ſont chargés de cette multiplicité de droits.
D'ailleurs, la Généralité de Limoges eſt la plus pauvre de
toutes , & l'Etat n'a jamais gueres compté ſur ſes reſſources ,
attendu que toutes les mains-d'œuvres de cette Province ſont
occupées dans tout le Royaume.

Obſ. E X T R A I T *d'une lettre d'un Employé de Normandie.*

M O N S I E U R ,

» *Votre Plan d'Impoſition économique , conſiſtant en deux*
» *Impoſitions uniques , conduit à l'avantage de l'Etat & au*
» *ſoulagement du Public. Il eſt trop noble pour ne pas vous*
» *aſſurer l'éloge & la gratitude de la Nation. Je compte ,*
» *Monſieur, que pour parvenir à votre nombre de ſept millions*
» *trois cens quatre-vingt-ſept mille contribuables de droit de*
» *franchiſe , vous entendez ſans doute y comprendre les enfans*
» *qui auront atteint un certain âge , puiſqu'ils conſomment dès*
» *leur naiſſance , & les peres & meres préféreront toujours cette*
» *Impoſition à celle d'aujourd'hui.*

Rep. L'Auteur fait à cette obſervation la même réponſe qu'il a faite page 5, & qu'il développera en temps & lieu, parce qu'elle conſiſte dans un des moyens qu'il s'eſt réſervés.

Obſ. *EXTRAIT d'une lettre de Bordeaux.*

MONSIEUR,

» *Le Plan d'Impoſition économique que vous aveʒ mis ſous*
» *les yeux du Public, qui fait connoître non-ſeulement votre*
» *ʒèle patriotique, mais l'étendue de vos connoiſſances ſur le*
» *beſoin de ſoulager vos concitoyens qui gémiſſent ſous le poids*
» *accablant que produit la multiplicité des Impoſitions & les*
» *entraves que leurs perceptions occaſionnent, ſera ſans doute*
» *l'ouvrage réſervé par la Providence à notre Monarque.*

» *En ajoutant à vos vues, Monſieur, mes réflexions ſur*
» *votre premier tableau de répartition du droit de franchiſe, je*
» *trouve premierement que les habitans des grandes & petites*
» *villes ſont aſſeʒ bien proportionnés ; mais je penſe qu'il faut*
» *avoir des conſidérations pour ceux des bourgs & villages*
» *répandus dans les campagnes. Pour cet effet, il faudroit les*
» *conſidérer ſous trois claſſes différentes par rapport à leur*
» *fortune, ſçavoir, les indigens, les gens aiſés, & les riches par*
» *proportion. Il faudroit donc ſubdiviſer votre quatrieme &*
» *cinquieme claſſe en trois autres, formant toujours la même*
» *ſomme de ſubſide.*

Rep. L'Auteur du Plan économique obſerve qu'il a réſervé dans ſes moyens d'exécution, de faire uſage de feuilles de rôles imprimées pour l'impoſition du droit de franchiſe, dans leſquelles il n'y aura pas de claſſe fixée, afin qu'on puiſſe impoſer les Particuliers au-deſſus ou au-deſſous des claſſes fixées, chacuns felon leurs facultés ; ce qui donnera la facilité de les fubdivifer autant que befoin fera.

» *Comme l'Impôt que vous propofez, fous le titre de Taille-*
» *réelle à quatre fols pour livre fur les revenus des fonds, eft*
» *trouvé par le Public trop onéreux, je penfe qu'on pourroit le*
» *réduire à deux fols pour livre, ce qui feroit une diminution*
» *de cent cinquante-trois millions fur cet objet, qu'on pourroit*
» *remplacer, & bien au-delà, en doublant le droit de franchife*
» *fur la fixieme, feptieme & huitieme claffes ; ce qui fera une*
» *augmentation de deux cens fix millions pour le deficit de*
» *cent cinquante-trois millions : il refteroit encore cinquante-*
» *trois millions de bénéfice. Les trois claffes que l'on auroit ainfi*
» *augmentées n'auroient point à fe plaindre, puifque la majeure*
» *partie eft propriétaire des fonds confidérables, dont le droit*
» *de taille-réelle fe trouveroit diminué de moitié.*
» *Il ne me refte plus, Monfieur, que de fouhaiter que vos*
» *fentimens patriotiques puiffent avoir l'effet qu'ils méritent pour*
» *le bonheur du Royaume,*

Rep. L'Auteur du Plan obferve que dans l'Impofition qu'il propofe de quatre fols pour livre fur les biens-fonds, font confondus la Capitation, les deux Vingtiemes, l'Induftrie & l'Uftenfile ; ce qui réduit l'impofition de la Taille-réelle à moins de deux fols pour livre.

D'ailleurs, c'eft au Public à juger du tout, puifque l'Auteur ne fait que propofer.

Obf. EXTRAIT *d'une lettre de M.* ROBERT *l'aîné, Négociant à la Rochelle.*

MONSIEUR,
» *Les Négocians de la ville de la Rochelle ont vu votre*
» *Plan*

» Plan d'impofition économique avec le plus grand plaifir : ils
» ont fenti le bien que la Nation en général & le Commerce en
» particulier retireroient d'une pareille adminiftration ; cela les
» a portés à préfenter à la Chambre du Commerce du pays
» d'Aunis un Mémoire où ils relevent les avantages particu-
» liers qui en réfulteroient pour ce pays-ci , & ils finiffent par
» la prier de faire parvenir au Miniftre leur defir. Ce Mémoire,
» que j'ai été chargé de faire, a été figné par plus de foixante
» de nos principaux Négocians. Je ne doute pas que la Chambre
» ne rempliffe les vues du Commerce, en envoyant ledit Mé-
» moire à Monfeigneur le Contrôleur Général (1). Mais dans
» le deffein que j'ai de vous préfenter ma reconnoiffance pour
» un projet auffi falutaire, je fuis bien aife de vous faire con-
» noître en même temps que mes compatriotes font animés des
» mêmes fentimens que moi ; c'eft pourquoi je vous envoye ci-
» joint la copie dudit Mémoire.

» Je fçais que les Commerçans des autres Villes font dans
» les mêmes fentimens. L'on eftime cependant , Monfieur, la
» taxe fur les biens-fonds trop forte ; mais on peut la diminuer
» comme l'on peut augmenter plufieurs des claffes du Droit
» d'affranchiffement , fur-tout depuis la cinquieme jufqu'à la
» huitieme & derniere claffe , & fur-tout pour les Négocians des
» Villes maritimes.

Rep. L'Auteur du Plan obferve que les réflexions ci-deffus
font à peu près les mêmes que les précédentes fur l'impofition
des quatre fols pour livre fur les biens-fonds. Il eft facile de
la diminuer. Cependant l'Auteur demande que les Citoyens
calculent les droits qu'ils payent aujourd'hui : la Taille, fur

_____

(1) *On ignore fi ce Mémoire a été adopté par la Chambre du Commerce , & envoyé au Miniftre.*

B

laquelle on forme la Capitation à raiſon de quàtre ſols pour livre du montant, ce qui fait un cinquieme du total de la Taille: on tire encore les deux ſols pour livre de la Capitation, & les deux Vingtiemes, qui font les deux ſols pour livre ſur les revenus des biens actuels. Si l'on fait un total du tout, en ne portant la Taille que l'on perçoit aujourd'hui qu'à deux ſols pour livre, & les deux Vingtiemes à deux ſols, ce qui porte le tout à quatre ſols pour livre que l'Auteur propoſe dans ſon Plan, on trouvera qu'il laiſſe en bénéfice la Capitation, ſes deux ſols pour livre, l'Induſtrie & l'Uſtenſile. Si enſuite on réfléchit à la modicité du Droit de franchiſe ſur les conſommations, on verra qu'il réduit à moitié ce que tous les Citoyens payent aujourd'hui.

Obſ. Il a paru les réflexions d'un Solitaire, intitulées : Sur ce qui peut faire grand bien à l'Etat, & il commence par dire que le fruit le plus flatteur a pénétré juſques dans ſa retraite, & y a produit une allégreſſe univerſelle. Se diſant Roi ſur ſon trône, il impoſe tous ſes Sujets à une rétribution du dixieme de tous les fruits, &c.

Rep. L'Auteur du Plan économique laiſſe le Solitaire dans ſes réflexions, & lui ſouhaite de bonnes récoltes en fruits, afin que les halles en ſoient bien pourvues, & que les conſommations puiſſent lui procurer un bon revenu pour entretenir ſon Etat.

Obſ. Il a paru un Plan d'Adminiſtration générale & particuliere, où l'Auteur, que l'on dit être un Moine, dit dans ſon Avant-propos :

» *L'amour de la Patrie enfante de temps en temps des Ecrits*

» où l'on fait connoître la grandeur du mal politique qui exiſte
» parmi nous , & où l'on cherche le remede «.

Il diviſe le Gouvernement en ſept parties principales : la Juſ-
tice , la Police , le Commerce , les Finances , la Guerre , la Ma-
rine & les Affaires Etrangeres.

Rep. L'Auteur du Plan d'Impoſition Economique déclare
qu'il n'a pas aſſez de connoiſſance ſur une adminiſtration générale, telle que cet Obſervateur l'annonce; c'eſt pourquoi il
garde le ſilence ſur cette adminiſtration imaginaire.

AUTRES OBSERVATIONS ſur le Plan d'impoſition économique par M. Richard des Glanieres.

Obſ. L'Obſervateur commence par dire que tout le monde
convient que la multiplicité des impôts accumulés ſur la tête des
François eſt un poids accablant ; que les frais énormes d'une
Régie compliquée augmentent la charge du Peuple ſans aucun
profit pour le Gouvernement ; que l'eſpece d'inquiſition que les
Financiers exercent contre les Citoyens eſt révoltante ; que les
punitions décernées contre les Contrebandiers font gémir l'huma-
nité , & enlevent tous les ans à la Patrie un nombre très-conſidé-
rable de ſujets qui , rendus à la vie ou à leur liberté civile ,
pourroient lui être d'une grande utilité. Tout le monde gémit &
ſe plaint , &c.

Rep. Cet Obſervateur confirme les principes du Plan économique , à l'exception du premier tableau de répartition des
claſſes du Droit de franchiſe ; tableau qu'il veut réduire à deux
millions neuf cens cinquante-ſix mille contribuables ſur trente

six divisions : au lieu que le tableau de l'Auteur comprend sept millions trois cens quatre-vingt sept mille contribuables sur vingt-quatre divisions. Sans doute que l'Observateur veut laisser une bonne moitié des Citoyens exempts de l'obéissance qu'ils doivent à leur Souverain. Mais il les souftrairoit aussi sans doute de la société publique, ce qui ne peut ni ne doit être. Au reste, les vingt-quatre divisions du Plan de l'Auteur son très-suffisantes pour choisir les classes qui conviennent aux facultés de chaque Sujet, par le moyen des feuilles de rôles qui seront imprimées sans classe fixée.

Obf. Plusieurs Citoyens mal intentionnés sans doute, ou faute de réflexion, se sont contentés d'observer que l'exécution du Plan économique ne pouvoit s'accomplir par toute impossibilité, sans approfondir les moyens que l'Auteur peut avoir pour parvenir à son exécution.

Rep. L'Auteur du Plan observe que les moyens pour parvenir à l'exécution de son Plan sont très-naturels & très-peu recherchés, puisque ce sont presque les mêmes que ceux dont on se sert aujourd'hui, ainsi qu'il l'a annoncé dans son Plan. Pour l'imposition dans les Provinces, ce sont les Collecteurs & les Receveurs des Tailles, avec le secours des rôles des Tailles, Capitation & Vingtiemes : pour la ville de Paris, les Jurés & Syndics des six Corps, Arts & Métiers, qui feront l'imposition pour le Droit de franchise & son recouvrement, comme ils font aujourd'hui pour l'imposition de la Capitation : pour les autres particuliers, l'Auteur propose de même les Receveurs de Capitation pour faire l'assiette du Droit d'affranchissement, de concert avec les Receveurs des Vingtiemes pour la Taille-réelle : les uns & les autres ont leurs rôles qui les conduiront à l'exécution du Plan pour les deux Droits.

Obf. *On a fait plufieurs Obfervations à l'Auteur du Plan Economique fur les pays d'Etat qui jouiffent des Droits de franchife dans leurs Provinces, & auxquels ce nouveau Plan d'Impofition ne feroit peut-être pas auffi avantageux qu'aux autres Provinces du Royaume.*

Rep. L'Auteur du Plan obferve qu'il laiffe aux Pays d'Etat la facilité de faire eux-mêmes l'impofition des deux Droits, franchife & taille réelle, fur le modèle des rôles qu'il propofe, afin de parvenir au dénombrement général de toutes les efpepeces défignées dans les dix-huit colonnes du Plan par fpéculation de toutes les Généralités.

D'ailleurs l'impofition que l'on propofe aujourd'hui auroit à-peu-près la même marche que les Etats obfervent; & ils y gagneront toujours beaucoup en ce que leurs denrées ne feront plus regardées comme venant de l'Etranger, en paffant d'une Généralité à l'autre; de même celles qui pafferont d'une Province fujette à tous les droits de la Ferme générale dans les leurs, ne feront plus fujettes à payer les doubles Droits, comme fi elles paffoient chez l'Etranger, & ils auront l'avantage de ne plus voir leurs frontieres affaillies de Commis qui ne peuvent vivre que des dépouilles de leurs concitoyens.

Obf. *Plufieurs Citoyens fe font récriés fur l'Impofition que l'Auteur propofe fur les rentes conftituées de particulier à particulier.*

Rep. L'Auteur obferve qu'il n'a jamais entendu y comprendre les biens fonds en rente fonciere, mais bien les rentes des particuliers qui placent leurs deniers comptans pour les faire valoir felon la jufte équité; qu'il préfume qu'il n'eft pas naturel que le cultivateur foit feul affujetti au Droit de la Taille réelle. Au surplus c'est au Gouvernement à décider ces sortes de causes.

Obs. *L'on a fait aussi des Observations sur les rentes de l'Hôtel de Ville, des Gabelles & autres, à la charge de l'Etat pour être exemptes de toute Imposition.*

Rep. L'Auteur observe que ces rentes souffrent aujourd'hui une retenue ; qu'au surplus il laisse de même que ci-dessus au Gouvernement à en décider.

Obs. *L'Auteur du Mercure a voulu dire quelque chose sur l'Imposition Economique sans en connoître l'esprit, & il a voulu lui succéder, comme il a dit fort bien, un rêve.*

Rep. Quand l'Auteur du Mercure voudra faire croire qu'il est capable de juger des parties qu'il n'a jamais connues ni pratiquées, on en doutera toujours : mais comment ose-t-il s'élever, à la face de la Nation entière, contre une nouvelle Imposition Economique, qui ne tend qu'au bien de l'Etat & au bonheur des Citoyens ?

Obs. *L'Auteur du Plan Economique prévient une question que l'on pourra lui faire, au sujet des Droits sur les consommations que les Princes du Sang peuvent faire lever actuellement dans leur appanage.*

Rep. L'Auteur observe que, dans l'esprit de son Plan d'Imposition Economique sur les consommations, il s'est réservé, dans ses moyens d'exécution, la facilité de former des rôles d'Impositions de Droit de franchise, lequel seroit perçu au profit des Princes dans leurs apanages, moyennant les deux sols pour livre de frais de perception ; & il ne pourroit qu'en résulter

une augmentation de produit fur leur ferme actuelle, & la fatisfaction de voir les fidèles Sujets du Roi fouftraits à cette grande
multiplicité de Droits, de formalités & Déclarations fans
nombre auxquelles ils font affujettis, & de la tyrannie des
Commis pour la perception.

Ce Plan Economique établit encore par lui-même différentes regles très-néceffaires à la Société. Le Droit de franchife
conduit à établir un timbre dans chaque Généralité & un pour
la Ville de Paris ; lequel fera imprimé fur toutes les quittan-
ces du Droit de franchife. Ce timbre donnera la facilité à tous
les Maîtres de connoître tous les Ouvriers qu'ils recevront chez
eux, le lieu de leur naiffance, & l'endroit où ils auront payé
dans l'année le Droit de franchife ; car il feroit défendu aux
Maîtres de recevoir chez eux ni ouvriers, ni domeftiques
mêmes d'aucune efpece & d'aucun fexe, fans qu'au préalable
ils ne fuffent munis de la quittance du droit de franchife. Les
Hôtelliers, Maîtres & Maîtreffes des chambres garnies feroient
auffi tenus de fe faire repréfenter par les particuliers qu'ils
recevroient chez eux, leur quittance du Droit de franchife,
à l'exception des Etrangers à qui la Nation fe fera toujours
un plaifir d'offrir fes denrées à bon marché.

Les Propriétaires des Maifons feroient tenus de fe faire repréfenter par leurs locataires, en entrant & fortant de leurs appar-
temens, la quittance du Droit de franchife ; & dans le cas de
fortie, de fe rendre certains de ce qu'ils pourroient redevoir ;
fi ces locataires fe trouvoient en retard de payement, ils feroient
tenus d'en avertir le Receveur dudit Droit, & les locataires
obligés de donner bien exactement leur nouvelle demeure.
Cette formalité fe pratique en partie dans celle qu'on exige
aujourd'hui.

L'Auteur du Plan Economique a cru devoir expofer ici un Tableau pour faire balance de ce qu'il en coûte aujourd'hui aux Citoyens par la perception des Droits actuels, avec les deux feuls & uniques qu'il propofe dans fon Plan Economique : il commence par les Droits que l'on paye fur les denrées les plus néceffaires à la vie, & dont le plus pauvre des Sujets du Roi a abfolument befoin, d'abord dans la Ville de Paris.

SÇAVOIR:

Le plus pauvre citoyen a befoin de fel pour faler fa foupe graffe ou maigre : s'il a une femme & fix enfans, il lui faut au moins une livre de fel par mois à treize fols la livre . . . . 7^{tt} 16^{f}.

Suivant le Plan Economique , il ne reviendroit qu'à trois fols la livre. . . . 1^{tt} 16^{f}

Les Droits fur le beurre , les œufs & les légumes, haricots & pois, &c. au moins trente-fix fols de droits, ci. 1 16

En ne lui fuppofant que tous les Dimanches deux livres de viande pour lui , fa femme & fa petite famille : il y a cinquante-deux Dimanches, ce qui fait cent-quatre liv. à deux fols de Droits par livre de viande. . . 10 8

Ce pauvre Citoyen fait ufage de tabac & fa femme , comme cela fe voit communément : en n'évaluant qu'une demie liv. de tabac par mois à un écu la livre , en fuppofant qu'il ne l'achete pas tout rapé. 18

L'Impofition Economique le lui procu-
_____
                                           1^{tt} 16^{f} 38^{tt} »^{f}.

| *Ci-contre* . . . . | 1^{tt} | 16^f | 38^{tt} | »^f |

Ci-contre . . . . 1^{tt} 16^f 38^{tt} »^f

reroit à douze fols la livre. 3   12

En admettant une voie de bois de con-
fommation, les droits font de   5   »

Les droits fur les linges & étoffes éva-
lués à deux livres, ci   2   »

Pour les fouliers, trois paires pour le
mari & deux paires pour la femme, à cinq
fols par paire, de droits   1   5

La Capitation.   1   10

Le droit de franchife. 3   »

Si peu qu'il confomme de vin, bierre,
cidre & eau-de-vie, par évaluation, le
tout à un quart-muid de vin dans le courant de l'année, à foixante-deux livres de
droit par muid, le quart eft de quinze li-
vres dix fols, ci.   15   10

T O T A L. . . . . 8^{tt} 8^f 63^{tt} 5^f

L'on voit clairement que la dépenfe du moindre Citoyen
pour les denrées qui lui font abfolument néceffaires à la vie,
tirées au plus bas, montent à la fomme de foixante-trois
livres cinq fols, & que le droit de franchife, que l'Auteur
propofe dans fon Plan Economique, n'eft que de huit livres
huit fols, ce qui fait une différence de cinquante-quatre livres
dix-fept fols que le pauvre Citoyen ne payeroit pas, lefquels
lui refteroient pour alimenter fes enfans ; & dans le cas où ils
feroient en âge de dix ans, il faut ajouter fix fois fix fols huit
deniers pour leur droit de franchife, lefquels font la fomme
de deux livres douze fols, qu'il faut ajouter aux huit livres

C

huit fols ; le tout forme la fomme de onze livres, tant pour le pere que pour la mere, & leurs fix enfans : il refteroit encore à cette famille en bénéfice cinquante-deux livres cinq fols.

Que chaque Citoyen calcule, fuivant fon état, par progref-fion, il verra avec plaifir le grand bénéfice qu'il aura fur le droit de franchife, & la grande perte qu'il fait journellement fur fes confommations actuelles, & fans que l'Etat en profite d'une obole.

L'Auteur fait cette même comparaifon pour les plus pau-vres Citoyens de la campagne, auxquels il faut de même une livre de fel par mois, à treize fols la livre : douze fois treize font. . . . . 7^{tt} 16^c

Le droit de franchife le lui procureroit à trois fols. . . . . 1^{tt} 16^c

La grande multiplicité de droits fur toutes les denrées les font augmenter au moins d'un tiers de plus qu'elles ne vau-droient, fi le droit de franchife étoit fubf-titué à leur place ; ce qui porte aujourd'hui fur celles qui font le plus néceffaires à la vie, comme le beurre, les œufs, les légumes, haricots & pois, qui font un objet de . . 1 4

En admettant à ce pauvre Citoyen, de confommation, deux livres de porc par mois, ou de viande, c'eft vingt-quatre livres par an, au moins à deux fols par li-vres de plus qu'il ne payeroit fur l'Impofi-tion économique. 2 8

Pour fa confommation de tabac, à une

$\overline{\text{1}^{tt}\ 16^c}$ $\overline{\text{11}^{tt}\ 16^c}$

Ci-contre	1ℓ	16ᶜ	11ℓ	8ᶜ

demi–livre par mois, à un écu la livre. 18 »

Le droit de franchife le lui procureroit
à douze fols la livre. 3 12

Les droits actuels fur le linge & étoffes,
évalués par an à une livre quatre fols, ci. . 1 4

Les droits fur les fouliers, en admettant deux paires pour le mari & une paire
pour la femme, à cinq fols par paire. . . » 15

En leur admettant en confommation la
valeur d'un quart - muid en boiffon, tant
en vin qu'eau - de - vie, bierre ou cidre,
pour droit trois livres, ci. . . . . 3 »

Claffé par droit de franchife. . . . . . 3 »

Pour fa petite taille perfonnelle, une
livre dix fols, ci. 1 10

T o t a l 8ℓ 8ᶜ 35ℓ 17ᶜ

Quoique l'Auteur ait cavé fon tableau au plus bas pour les
droits actuels, on voit clairement que le pauvre Citoyen
paie aujourd'hui vingt-fept livres neuf fols de plus qu'il ne
paieroit par le droit de franchife, fuivant le préjugé finan-
cier. Ces malheureux, difent-ils, payent les droits fur leur
confommation fans s'en appercevoir : il faut admettre auffi
qu'ils fe ruinent de même ; & vous, Meffieurs les Financiers,
vous vous enrichiffez fans vous en appercevoir, avec cette
différence que vous vous en appercevez cependant bien, &
que ces vingt-fept livres neuf fols qui refteroient à ce pauvre
Citoyen, lui feroient un grand fupplément pour fubvenir à fa
fubfiftance & à celle de fes enfans. Que chaque Citoyen, de

quelqu'état qu'il puisse être, calcule par progression ce qu'il paye aujourd'hui, & ce qu'il payeroit par le droit de franchise, il verra toujours une bonne moitié de différence ; & le Marchand, Négociant, Fabriquant, & généralement de tout état, déchargés de toutes formalités & déclarations auxquelles ils sont assujettis.

L'Auteur a cru aussi devoir faire Tableau de ce que l'on paye aujourd'hui sur les biens-fonds, & ce que l'on payeroit sur la Taille réelle qu'il propose ;

Sçavoir:

L'on paye actuellement la Taille sur les biens-fonds, à raison de quatre & trois sols pour livre du revenu. En supposant une ferme louée mille livres.

Les quatre sols pour livre font deux cents livres, ci . . . . 200^{tt}	
On en tire les quatre sols pour livre pour en former la Capitation. 40	
De laquelle on leve encore les deux sols pour livre. 4	274^{tt}
L'industrie vingt livres, ci 20	
L'ustensile dix livres, ci. 10	
Les deux vingtiemes, à deux sols pour livre, sur les mille livres. 100	

Le tout monte à la somme de. . . . . 374^{tt}

La Taille réelle que l'Auteur du Plan économique propose à quatre sols pour livre net, sur les mille livres de revenu, ne forme qu'une somme de deux cents livres.

L'on voit clairement qu'il y a un bénéfice de cent soixante-quatorze livres pour le propriétaire du fonds ; & il peut, avec juste raison, dire à son Fermier, avec lequel il est en bail courant : « En louant ma ferme, vous avez calculé les frais » d'imposition que vous aviez à payer sur son produit, & » comme j'en suis chargé aujourd'hui, & que vous n'êtes plus » imposé à aucun droit pour ma ferme qu'à celui de franchise, » qui vous est personnel pour vos consommations, je de- » mande, avec juste raison, que vous me teniez compte, par » augmentation de mon bail, de la somme de cent soixante- » quatorze livres ». Voilà des faits réels qu'on ne peut arguer de faux, puisqu'ils sont notoires : on voit que le Propriétaire gagne de deux façons ; sur les droits de franchise pour ses consommations, & sur les biens fonds.

LETTRE à Monsieur Richard des Glanieres, sur son Plan d'Imposition économique.

MONSIEUR,

« Après m'être occupé de diverses réflexions, je me plaçai » sans façon à côté de nos oisifs Censeurs du Gouvernement, » & me voilà tout à coup au fait des maux & des ressources » de l'Etat ; il n'étoit plus question que d'ordonner mes idées ; » je succombai à la tentation de les suivre, & d'en peser la » valeur : en voici à peu-près la marche : il vous appartient de » la diriger & de corriger mes erreurs.

» J'avouois d'abord ce principe incontestable, que chaque » Sujet doit payer à l'Etat le droit de vivre dans l'Etat, & » d'y être maintenu dans ses possessions. Comment en effet le » Souverain qui le gouverne lui procureroit-il sans frais cette » paisible tranquillité dont il veut jouir, & cette précieuse li- » berté dont il réclame sans-cesse les droits sacrés ? Il est donc

» nécessaire que le Peuple se prête aux efforts du Monarque,
» qu'il l'aide de ses forces & de ses biens, qu'il paye en un
» mot en subsides ce que le Souverain paye en vigilance & en
» amour. Mais de quelle maniere s'en fera la perception pour
» l'avantage du Prince & de ses Sujets ?

» C'étoit là le nœud ; & au lieu de le dénouer, j'allois le
» resserrer encore avec une imprudence impardonnable, lors-
» que votre Plan a éclairé notre horison ; je l'ai parcouru
» scrupuleusement, & je l'ai rapproché de ce fatras de systè-
» mes divers enfantés par l'ennui de la servitude, par les ré-
» voltes du Peuple, par l'amour désespéré de la Patrie. Vous
» le dites avec trop de raisons, Monsieur, que l'on ne voit
» dans tous ces Plans que de vaines déclamations contre les
» Fermiers Généraux, & pas un moyen solide d'établir une
» nouvelle perception qui puisse, en supprimant les abus, pro-
» curer au Roi un revenu fixe & constant, & aux Sujets un
» soulagement réel par l'économie de l'administration & la
» justice des répartitions.

» Vous avez, je le crois, Monsieur, vous avez pénétré jus-
» qu'au centre de ce labyrinthe, vous en avez marqué tous
» les détours, & sur vos pas nous ne devons pas craindre de
» nous égarer. Souffrez que je suive la trace toujours subsis-
» tante de la Ferme actuelle ; lorsqu'il en sera temps, je me
» ferai un devoir de ne marcher qu'à l'éclat de vos lumie-
» res (1) ».

Cette lettre imprimée à Bruxelle a été adressée à l'Auteur
du Plan Economique par la poste, sous enveloppe timbrée,
la Rochelle ; il ignore qui la lui a envoyée.

_____

(1) Nonobstant ces éloges, M. Richard convient que cette lettre contient une critique plus que sévere de son Plan ; mais il croit y avoir répondu par ses observations ci-dessus.

Après tous les moyens naturels que l'Auteur du Plan Economique donne pour parvenir à son exécution & l'avantage qu'il procurera à l'Etat & à la Nation, peut-il craindre un moment qu'aucun vrai Citoyen puisse l'accuser de fausse opération? D'ailleurs offriroit-il de faire les frais de son exécution, s'il n'en étoit pas certain, appuyé même de nombre de vrais Citoyens qui lui ont offert quatre fois plus de fonds qu'il n'en faut. Il n'a conçu son nouveau Plan d'imposition Ecomique que sur les fruits de ses travaux pendant trente-cinq années, dans différentes parties de perception des droits actuels, dont il connoît tous les vices locaux. Il est François d'origine depuis la création de la Monarchie : il a toujours conservé l'esprit de sa Nation, qui est l'obéissance & le plus profond respect pour son Roi & le bien de ses Concitoyens. Voilà le seul motif qui l'a engagé à mettre au jour son nouveau Plan d'imposition Economique, & quoi qu'en dise M. l'Abbé Baudeau, il a bien réfléchi pour le faire imprimer, au moins autant que lui pour faire imprimer sa brochure remplie d'un tissu d'Observations qui se perdent dans les nues.

L'Auteur observe que s'il avoit voulu donner tous les extraits des lettres de complimens & d'Observations qui confirment l'esprit de son Plan, une main de grand papier n'auroit pas été suffisante.

L'Auteur du Plan économique, pour derniere Observation, annonce que dans le courant de six mois, il est sûr d'en pouvoir faire l'exécution, & il ne doute point qu'au moins les trois-quarts des Citoyens ne la desirent & ne se prêtent de bon cœur à donner les déclarations les plus sinceres de leurs biens.

Signé RICHARD DES GLANIERES.

P. S. Après que l'Auteur du Plan Economique a mis sa Replique à la censure, il lui est parvenu une Observation, qui a pour titre : Critique en faveur du Roi & son Peuple, sur l'Ouvrage de M. Richard des Glanieres, intitulé, Plan d'imposition Economique & d'administration des Finances ; par M. D. G. Avocat au Parlement de Paris.

L'Observateur Critique commence par dire :

Voyons d'abord le beau côté du système des Finances de M. Richard ; saisissons ses idées primitives, nous verrons ensuite le résultat de ses calculs, & ma plume brochera sur tout.

A ce noble enthousiasme, dit M. D. G., je reconnois un Citoyen honnête & le cri de son cœur ; mais l'honnêteté ne suffit pas quand il s'agit d'une révolution subite, & de changer une administration depuis long-tems désastreuse, il faut remonter à l'origine du mal, &c.

Enfin M. D. G., après avoir fait tous ses préambules sur quelques phrases du Plan d'imposition Economique, il court rapidement sur son tableau par spéculation du produit de chaque Généralité, & s'écrie : Vous vous êtes trompé, Monsieur Richard, sur votre Tableau par spéculation de soixante millions, en voici la preuve dans votre premier Tableau qui forme les classes du droit de franchise ; vous ne portez dans son produit effectif que 480,700,000, & par votre Tableau de spéculation, vous avez porté le produit du droit de franchise à 540,000,000, ce qui fait une erreur de 60,000,000 ; M. D. G. s'arrête très-fort sur le Tableau de spéculation, & il demande à l'Auteur du Plan d'où provient cette erreur, & je poursuis, dit Me D. G. à demander à M. Richard, pourquoi il s'obstine à nommer droit de franchise une imposition accablante, & pourquoi cette imposition personnelle se trouve

trouve-t-elle plus forte que le produit de la taille réelle fur les biens fonds?

L'Auteur du Plan répond ici laconiquement aux queſtions de M. D. G., parce qu'il a déja répondu à plus des trois-quarts, dans ſes Repliques aux Obſervations.

Il ajoutera ſeulement , 1°. que c'eſt avec raiſon qu'il qualifie ſon droit, de droit de franchiſe, puiſque ce nom exprime le plus beau titre qui appartienne à la Nation Françoiſe.

Secondement, parce qu'il affranchit la Nation de cette grande multiplicité de droits, leſquels ſont onéreux à l'Etat, & ruineux pour les Citoyens. Tous les vrais Citoyens en conviennent & s'en plaignent, & l'Auteur du Plan démontre clairement par ſes Tableaux, que les Citoyens payero ent une moitié de moins par ſon droit de franchiſe, que ce qu'ils payent actuellement, & qu'il décharge de toutes les formalités & déclarations ſans nombre, auxquelles les droits des Fermes les aſſujétiſſent. L'Auteur du Plan Economique eſt ſurpris d'une pareille critique de la part d'un Avocat.

L'Auteur n'eſt pas moins ſurpris de la queſtion ſuivante que lui fait M. D. G. pourquoi les produits du droit de franchiſe ſe trouveroient plus forts que celui de la taille réelle? Il lui demande à ſon tour, s'il auroit oublié que tout Sujet doit naturellement une rétribution à ſon Souverain par reſpect & obéiſſance, & que faiſant partie de la ſociété, il doit contribuer aux revenus de l'Etat, ſuivant ſes facultés, puiſqu'il participe à la paix & à la tranquillité que ſon Souverain lui procure. Partant de ces principes inconteſtables, le droit de franchiſe doit être au moins d'un tiers plus fort que le produit de la taille réelle, puiſqu'il y a plus de la moitié des Citoyens qui n'ont pas de bien fonds ; & le critique, qui voudroit que tous les revenus de l'Etat fuſſent impoſés fur les biens fonds,

D

prétend néanmoins que le Cultivateur donne à bon marché les denrées nécessaires à la vie, qu'il fait produire à la terre par ses sueurs, à la moitié de ses Concitoyens qui font des commerces considérables en especes roulantes, sans être assujétie à aucune rétribution. Voyez quelle injustice, Monsieur D. G. Votre systême est criant & fait un contraste frappant avec l'esprit de la Nation, qui demande que les classes cotées 6, 7 & 8 soient doubles du droit de franchise, & la taille réelle plus basse que quatre sols pour livre à quoi l'Auteur l'a fixée.

Troisiémement Monsieur D. G. demande à l'Auteur, d'où provient un faux calcul qu'on trouve dans son Plan des classes du droit de franchise, d'avec celui du Plan des deux droits réunis par spéculation, dans lequel il se trouve soixante millions de plus. L'Auteur répond qu'il n'auroit jamais cru être dans le cas de répondre sur une pareille Observation, vu que le produit de son Plan qui contient les classes & les divisions du droit de franchise est limité sur des nombres fixes, au lieu que dans le Plan où sont réunis les deux droits, il n'est que par spéculation, ainsi que l'Auteur l'a qualifié en tête dudit Plan. Peut-on faire comparaison d'un Etat fixe avec celui qui est par spéculation ?

M. D. G. dit, pag. 11. Quant à moi, je ne veux pas déclamer vainement ni cacher mes malices, comme M. Richard a fait, page 14 de son Plan ; mais si l'on daignoit m'écouter & m'en croire, on commenceroit par détruire toutes les barrieres & douanes. Page 13, M. D. G. ajoute, » Le Roi est » pauvre, dites - vous M. Richard, cela peut être ; il y a » plus, cela doit être ainsi «. Jamais M. Richard n'a dit ni écrit que le Roi est pauvre ; M. D. G. l'a rêvé sans doute, car l'Auteur du Plan n'a jamais pensé qu'un Roi de France

pouvoir être pauvre ; fon Royaume eft trop abondant en ri-
cheffes, & fes Sujets lui font trop attachés.

L'Auteur du Plan Economique obferve à M. D. G., que
s'il avoit voulu jetter un coup-d'œil fur le grand Dictionnaire
des Aides qui n'eft rempli que de la forme des exercices des
Commis à la perception des droits, l'étendue immenfe des
Ordonnances qui prefcrivent les formalités pour les percevoir,
les Edits, Arrêts, Déclarations & Réglemens du Confeil, ceux
de la Cour des Aides, en y comprenant toutes les repréfenta-
tions que ces droits ont occafionné de la part des Parlemens,
au moment de leur création, M. l'Avocat auroit de quoi fe former une bibliotheque confidérable.

Enfin M. Richard des Glanieres peut-il demander à M.
D. G. d'où dérive votre crainte, puifque cet Auteur offre de
faire l'exécution de fon Plan Economique dans le courant de
fix mois, fans qu'il en coûte un fol à l'Etat, & fans rien dé-
ranger de la Manutention actuelle ?

Signé RICHARD DES GLANIERES.

APPROBATION.

J'AI lu, par ordre de Monfeigneur le Garde des Sceaux, la *Replique
générale pour le préfent & l'avenir de M. Richard des Glanieres aux Obfervations faites & à faire fur fon Plan d'impofition économique.* M. Richard
avoit foumis au jugement du Public, dans un premier Ouvrage, fes vues
particulieres fur l'adminiftration des Finances. Il paroît que fon Plan, qui
ne prêtoit que trop à la critique, en a éprouvé plufieurs. L'Auteur defirant
lui foumettre pareillement fa Replique, je déclare n'y avoir rien trouvé
qui m'ait paru devoir en empêcher l'impreffion. Paris, 14 Décembre
1774. CADET DE SAINEVILLE.

PRIVILEGE DU ROI.

LOUIS, par la grace de Dieu, Roi de France & de Navarre: A nos amés & féaux Confeillers les Gens tenans nos Cours de Parlement, Maîtres des Requêtes ordinaires de notre Hôtel, Confeils Supérieurs, Prevôt de Paris, Baillifs, Sénéchaux, leurs Lieutenans Civils, & autres nos Jufticiers qu'il appartiendra ; SALUT. Notre amé le Sieur RICHARD DES GLANIERES Nous a fait expofer qu'il defireroit faire imprimer & donner au Public un Ouvrage intitulé: *Replique générale pour le préfent & l'avenir de M. Richard des Glanieres, aux Obfervations faites & à faire fur fon Plan d'Impofition économique*, s'il Nous plaifoit lui accorder nos Lettres de Permiffion pour ce néceffaires. A CES CAUSES, voulant favorablement traiter l'Expofant, Nous lui avons permis & permettons, par ces Préfentes, de faire imprimer ledit Ouvrage autant de fois que bon lui femblera, & de le faire vendre & débiter partout notre Royaume, pendant le tems de trois années confécutives, à compter du jour de la date des Préfentes. Faifons défenfes à tous Imprimeurs, Libraires & autres perfonnes, de quelque qualité & condition qu'elles foient, d'en introduire d'impreffion étrangere dans aucun lieu de notre obéiffance ; à la charge que ces Préfentes feront enregiftrées tout au long fur le Regiftre de la Communauté des Imprimeurs & Libraires de Paris, dans trois mois de la date d'icelles ; que l'impreffion dudit Ouvrage fera faite dans notre Royaume & non ailleurs, en beau papier & beaux caractères ; que l'Impétrant fe conformera en tout aux Réglemens de la Librairie, & & notamment à celui du 10 Avril 1725, à peine de déchéance de la préfente Permiffion ; qu'avant de l'expofer en vente, le Manufcrit qui aura fervi de copie à l'impreffion dudit Ouvrage, fera remis dans le même état où l'Approbation y aura été donnée, ès mains de notre très-cher & féal Chevalier Garde des Sceaux de France, le Sr Hue de Miromenil, qu'il en fera enfuite remis deux Exemplaires dans notre Bibliothéque publique, un dans celle du Château du Louvre, un dans celle de notre très-cher & féal Chevalier Chancelier de France le fieur de Maupeou, & un dans celle dudit Sr Hue de Miromenil, le tout à peine de nullité des Préfentes ; du contenu defquelles vous mandons & enjoignons de faire jouir ledit Expofant & fes ayans caufe, pleinement & paifiblement, fans fouffrir qu'il leur foit fait aucun trouble ou empêchement. Voulons qu'à la copie des Préfentes, qui fera imprimée tout au long au commencement ou à la fin dudit Ouvrage, foi foit ajoutée comme à l'original. Commandons au premier notre Huiffier ou Sergent fur ce requis, de faire pour l'exécution d'icelles tous actes requis & néceffaires, fans demander autre permiffion, & nonobftant clameur de haro, Charte Normande & Lettres à ce contraire : CAR tel eft notre plaifir. DONNÉ à Verfailles le trente-unieme jour du mois de Décembre, l'an de grace mil fept cent foixante-quatorze, & de notre regne le premier. Par le Roi en fon Confeil. *Signé* LEBEGUE.

Regiftré fur le Regiftre XIX de la Chambre Royale & Syndicale des Libraires & Imprimeurs de Paris, n°. 75, fol. 355, conformément au Réglement de 1723, qui fait défenfes, article IV, à toutes perfonnes de quelque qualité & condition qu'elles foient, autres que les Libraires & Imprimeurs, de vendre, débiter, faire afficher aucuns Livres pour les vendre en leurs noms, foit qu'ils s'en difent les Auteurs ou autrement, & à la charge de fournir à la fufdite Chambre huit exemplaires prefcrits par l'article CVIII du même Réglement. A Paris ce 9 Janvier 1775. LOTTIN jeune, Adjoint.